KB270900

훔쳐가는 노래

훔쳐가는 노래

진은영 시집

창비

차 례

제1부

이 모든 것

수수께끼란 그쪽으로 끌린다는 것 이외에는
우리가 아무것도 할 수 없고
우리가 아무것도 아니기를 요구한다.
— 모리스 블랑쇼 『문학의 공간』

있다

창백한 달빛에 네가 너의 여윈 팔과 다리를 만져보고 있다
밤이 목초 향기의 커튼을 살짝 들치고 엿보고 있다
달빛 아래 추수하는 사람들이 있다

빨간 손전등 두개의 빛이
가위처럼 회청색 하늘을 자르고 있다

창 전면에 롤스크린이 쳐진 정오의 방처럼
책의 몇 줄이 환해질 때가 있다
창밖을 지나가는 알 수 없는 사람들이 있다

있다고, 말할 수 있을 뿐인 때가 있다
여기에 네가 있다 어린 시절의 작은 알코올램프가 있다
늪 위로 쏟아지는 버드나무 노란 꽃가루가 있다
죽은 가지 위에 밤새 우는 것들이 있다
그 울음이 비에 젖은 속옷처럼 온몸에 달라붙을 때가 있다

확인할 수 없는 존재가 있다

깨진 나팔의 비명처럼
물결 위를 떠도는 낙하산처럼
투신한 여자의 얼굴 위로 펼쳐진 넓은 치마처럼
집 둘레에 노래가 있다

오필리아

모든 사랑은 익사의 기억을 가지고 있다
흰 종이배처럼
붉은 물 위를 흘러가며
나는 그것을 배웠다

해변으로 떠내려간 심장들이
뜨거운 모래 위에 부드러운 점자로 솟아난다
어느 눈먼 자의 젖은 손가락을 위해

텅 빈 강바닥을 서성이던 사람들이
내게로 와서 먹을 것을 사간다
유리와 밀을 절반씩 빻아 만든 빵

아케이드

유리의 거미줄
나와 네게서 달아나 맞잡은 손바닥이 하늘하늘
날아갔다

내 혀는 도착한다
오늘에
청양고추의 플랫폼에
"괜찮아, 문제없어!" 하는 나를
양치질 후 흰 거품처럼 뱉어버리고

토성의 자줏빛 흔들리는 하늘가에서
출발한 두 다리가
첫 봄날을 지나, 무질서한 이야기를 지나
수요일의 분주한 상점과
여름 과일의 시들어가는 나날을 지나서 간다

공장 근처 새까만 비둘기들
낡은 가을 하늘의 접시 위를

탄 파이처럼 굴러다닌다

나는 걸어가며
아직 네 얼굴에 빗방울이 바늘처럼 쏟아지는 이유
시장 좌판에 파란 플라스틱 바구니가 놓여 있는 이유
노란 사과들, 오렌지들, 오이, 체리가 싱싱하고
몇개의 썩어가는 달이 담겨 있는 이유를
생각하고
네가 목욕을 좋아하는 이유
모든 더러운 영상을 나르는 샛푸른 혈관들의
방사형 거미줄에서
하나의 힘이 태어나는 이유를 생각한다

변두리의 흰 달 떠오르는 시간에
너의 겨드랑이
팔 손목 곡선의 부드러움

전나무들의 날카로운 꼭대기를 껴안는

매끄러운 검은 살의 하늘
먼지 낀 유리 사이로 내려와
성탄 무렵 쇼윈도우의 별을 향해 뻗어간다

둥근 천장에서 흘러내리는 비의 머리카락이
내 발등을 어루만지면
너를 만나게 된 이유와 만나게 되겠지

추운 열두시에
강철 셔터에 낀 녹 맛이 빛나는 십이월에

이 모든 것

비눗방울 하나가 투명한 기쁨으로 무한히 부풀어오를 것
같다
장미색 궁전이 있는 도시로 널 데려갈 수 있을 것 같다
겨울과 저녁 사이
밤색 털 달린 어지러운 입맞춤을 잊을 수 없을 것 같다
광활한 사랑의 벨벳으로 모든 걸 가릴 수 있을 것 같다
이 모든 것이 거짓말인 것 같다
배고픈 갈매기가 하늘의 마른 젖꼭지를 심하게 빨아대는
통에
물 위로 흰 이빨 자국이 날아가는 것 같다

이 도시는 똑같은 문장 하나를 영원히 받아쓰는 아이와
같다
판잣집이 젖니처럼 빠지고 붉은 달 위로 던져졌다
피와 검댕으로 얼룩진 술병이 흰 비탈에서 굴러온다
첫 시집의 변치 않는 한 줄을 마지막 시집에 넣어야 할
것 같다
청춘은 글쎄…… 가버린 것 같다

수천개의 회색 종을 달고서 부드러운 노란 날개 하나
천천히 날아오르는 것 같다

가난한 이의 목구멍에 황금이 손을 넣어 모든 걸 토하게
하는 것 같다
초록빛 묽은 토사물 속에 구르는 별들
하느님은 가짜 교통사고 환자인 것 같다
천사들이 처방해준 약을 한번도 먹지 않은 것 같다
푸른 캡슐을 쪼개어 알갱이를 다 쏟아버리는 것 같다
안녕, 안녕, 슬레이트 지붕의 부서진 회색 위로 눈이 내
린다
내가 보았던 모든 것이 거짓말인 것 같다
달에 매달린 은빛 박쥐들의 날개가 찢어져내리는 것 같다

청춘 4

자신의 핏속에서만 용감하게 달리던 흑기사가 있었다
그때 아홉개 조각난 얼음에 찔린 듯
그때 뜨겁고 붉은 입속에서 찌르던 것들 사라졌다
말할 것이 많았다 말할 것이
없었다
모든 것은 행동으로 환원되었다

검은 벽
검은 별과
검은 병이 뒤척이던
향기 나는 몸뚱이의 지진

그때 모든 이들은 노래할 이유가 없었으므로
그때를 향해 가수의 입술은 피어나고

우리는 지나간 허기에 대해
닫힌 대지처럼 굳게 입을 다문다

나의 아름다운 세탁소

맑은 술 한 병 사다 넣어주고
새장 속 까마귀처럼 울어대는 욕설을 피해 달아나면
혼자 두고 나간다고 이층 난간까지 기어와 몸 기대며 악
을 쓰던 할머니에게

동네 친구, 그애의 손을 잡고 골목을 뛰어 달아날 때
바람 부는 날 골목 가득 옥상마다 푸른 기저귀를 내어말
리듯
휘날리던 욕설을 퍼붓던 우리 할머니에게

멀리 뛰다 절대 뒤돌아보지 않아도
"이년아, 그년이 네 샛서방이냐"
깨진 금빛 호른처럼 날카롭게 울리던

그 거리에 내가 쥔 부드러운 손
"나는 정말 이애를 사랑하는지도 몰라"
프루스트 식으로 말해서 내 안의 남자를 깨워주신 불란
서 회상문학의 거장 같은 우리 할머니에게

돈도 없고 요령도 없는 작곡가 지망생 청년과 결혼하겠
다고
내 앞에서 울 적에 엄마 아버지보다 더 악쓰며 반대했던
나에게

"너는 이 세상 최고 속물이야, 그럴 거면서 중학교 때『크
리스마스 선물』은 왜 물려주었니?"
내가 읽다 던져둔 미국단편소설집을
너덜거리는 낱장으로 고이 간직했던 여동생에게

"나는 돼도, 너는 안돼"
하지 못한 말이 주황색 야구잠바 주머니 속에서 오래전
잘못 넣어둔 큰 옷핀처럼 검지손가락을 찔렀지

엄밀한 공(空)의 논리에 대해 의젓하게 박사논문까지 써
놓고
이제 와 기억하는 건

용수스님이 예로 드신 무명 옷감에 묻은 얼룩
그 얼룩은 무슨…… 덜룩
시인 김이듬이 말한 것처럼
그거 별 모양의 얼룩일라나, 오직 그 모양과 색이 궁금하
신 모든 분들께

나의 아름다운 세탁소를 보여드립니다

십년 만에 집에 데려왔더니, 넌 아직도 자취생처럼 사는
구나, 하며 비웃음인지 부러움인지 모를 미소를 짓던 첫사
랑 남자친구에게

이 악의 없이도 나쁜 놈아, 넌 입매가 얌전한 여자랑 신도
시 아파트 살면서
하긴, 내가 너의 그 멍청함을 사랑했었다 네 입술로 불어
넣어 내 방에 흐르게 했던 바슐라르의 구름 같은 꿈들

여고 졸업하고 6개월간 9급 공무원 되어 다니던 행당동

달동네 동사무소

　대단지 아파트로 변해버린 그 꼬불한 미로를 다시 찾아
갈 수도 없지만,

　세상의 모든 신들을 부르며 혼자 죽어갔을 야윈 골목, 거
미들

　"그거 안 그만뒀으면 벌써 네가 몇 호봉이냐" 아직도 뱃
속에서 죽은 자식 나이 세듯

　세어보시는 아버지, 얼마나 좋으냐, 시인 선생 그 짓 그만
하고 돈 벌어 우리도 분당 가면, 여전히 아이처럼 조르시는
나의 아버지에게

　아름다운 세탁소를 보여드립니다

　잔뜩 걸린 옷들 사이로 얼굴 파묻고 들어가면 신비의 아
무 표정도 안 보이는

　내 옷도 아니고 당신 옷도 아닌

　이 고백들 어디에 걸치고 나갈 수도 없어 이곳에만 드높
이 걸려 있을, 보여드립니다

　위생학의 대가인 당신들이 손을 뻗어 사랑하는

나의 이 천부적인 더러움을

반듯이 다려놓을수록 자꾸만 살에 눌어붙는 뜨거운 다리
미질
낡은 외상장부엔 잃어버린 시간을 찾아서와 미국단편집
과 중론(中論), 오래된 참고문헌들과
물과 꿈 따위만 적혀 있다
여보세요, 옷들이여
맡기신 분들을 찾아 얼른 가세요. 양계장 암탉들이 샛노
랗게 알을 피워대는 내 생애의 한여름에
다들, 표백제 냄새 풍기며 말라버린 천변 근처 개나리처
럼 몰래 흰 꽃만 들고
몸만 들고 이사 가셨다

쓸모없는 이야기

종이

펜

질문들

쓸모없는 거룩함

쓸모없는 부끄러움

푸른 앵두

바람이 부는데

그림액자 속의 큰 배 흰 돛

너에 대한 감정

빈집 유리창을 데우는 햇빛

자비로운 기계

아무도 오지 않는 무덤가에

미칠 듯 향기로운 장미덩굴 가시들

아무도 펼치지 않는

양피지 책

여공들의 파업 기사

밤과 낮

서로 다른 두 밤

네가 깊이 잠든 사이의 입맞춤

푸른 앵두

자본론

죽은 향나무숲에 내리는 비

너의 두 귀

영화처럼

너와 나 사이
무사영화에 나오는 장검처럼
길고 빛나는
연애담은 없었다, 단 한번도

로맨스 영화에서
여주인공이 살구나무숲에 무심코 떨어뜨린
에메랄드 반지처럼
어떤 이웃 청년도 우리가 분실한 손가락을 찾아주지 않
았다

음악영화에서처럼
어린 너의 재능을 알아볼 가정교사는
빈에서 출발하는 기차를 타지 않았다
(너는 기다리다 지쳐 그만 늙어가려 하는데)

아름다운 선율들은
우리의 부드러운 녹색 목에 걸리기도 전에

모든 시도들은
끊어진 진주 목걸이처럼

       희미한 바닥으로
쏟아졌다

탐정영화처럼
범인인 우리가 어디로 도망치든
찾아내는 죽음이 있을 뿐

자막이 올라가고 어둠 속에서
공허가 커다랗고 흰 입술로 아우성쳤다
무성영화 여배우의 과장된 표정으로

악당들, 악당들, 악당들

훔쳐가는 노래

지금 주머니에 있는 걸 다 줘 그러면
사랑해주지, 가난한 아가씨야

심장의 모래 속으로
푹푹 빠지는 너의 발을 꺼내주지
맙소사, 이토록 작은 두 발
고요한 물의 투명한 구두 위에 가만히 올려주지

네 주머니에 있는 걸, 그 자줏빛 녹색주머니를 다 줘
널 사랑해주지 그러면

우리는 봄의 능란한 손가락에
흰 몸을 떨고 있는 한그루 자두나무 같네

우리는 둘이서 밤새 만든
좁은 장소를 치우고
사랑의 기계를 지치도록 돌리고
급료를 전부 두 손의 슬픔으로 받은 여자 가정부처럼

지금 주머니에 있는 걸 다 줘 그러면
사랑해주지, 나의 가난한 처녀야

절망이 쓰레기를 쓸고 가는 강물처럼
너와 나, 쓰러진 몇몇을 데려갈 테지
도박판의 푼돈처럼 사라질 테지

네 주머니에 있는 걸 다 줘, 그러면
고개 숙이고 새해 첫 장례행렬을 따라가는 여인들의
경건하게 긴 목덜미에 내리는

눈의 흰 입술들처럼
그때 우리는 살아 있었다

망각은 없다

세상에서 나를 제일 증오하던 이가 죽었다
그는 다시 태어나 내 몸이 되었다

세상에서 내가 가장 사랑했던 이가 죽어
그는 강이 되었다

     그는 나의 정오, 나의 자정*
     부드러운 머릿결이
     모든 계절로 벌어진 과일과 별의 향기를 뿌리며
네개의 강으로 지나갔다

어린 시절 읽었던 천일야화 속에서 어느 왕국의 사람들은
모두 물고기가 되었다
그들은 물을 따라 허락 없이 흘러다녔다 그래서

세상에서 강을 제일 증오하던 왕이 있었다
그는 죽었다
태어나 정치가가 되었다

세상에서 강을 제일 증오하던 왕이 있었다
나는 죽었다 다시 태어나
그를 정치가로 만들었다

나는 세상에서 가장 사랑했던 것을
가장 증오하는 사람

　　　거기는 나의 정오, 나의 자정
　　　나의 꿀, 나의 담즙, 나의 거기

어린 시절 천일야화 속에서 어느 도시의 사람들은
모두 물고기가 되었다 강은 죽었다가

곧 태어나 내 몸이 되어 올 것이다
신비한 질병과 미지의 악취를 릴레이 주자의 날쌘 팔다
리처럼 달고서

어떤 시절에 어느 도시의 사람들은
모두 물고기였다 한때 그들은 제 생각을 따라
텅 빈 광장으로 물처럼 흘러갔다

* W. H. Auden 「Funeral Blues」.

음악

손바닥 위에 빗물이 죽은 이들의 이름을 가만히 써주는
것 같다
너는 부드러운 하느님
전원을 끄면
부드럽게 흘러가던 환멸이
돼지기름처럼 하얗게 응고된다

예언자

오늘날 그는 악과 죄의 인상착의에 대해 말하지 않는다
물론 유리처럼 투명한 신의 진리
천사 등에 달린 흰 날개의 형상에 대해서도

다만 그는 주식폭락과 은행합병의 섬세한 절차에
관심이 있을 뿐
그것은 나비 날갯짓에 라벤더의 보랏빛 꽃술이 떨어질
때처럼
아슬하고
격정적인 연인의 애무처럼 피와 타액이, 조금 벌어진 황
금의 입술 속에서
불투명하고 비관적으로 섞이는 것

옛날의 방식과 비슷하게
그도 좁은 문에 주목한다
이곳의 빌딩들은 다락처럼 너무 낮은 천장들
풀잎 같은 청년들이 백발노인처럼 허리를 구부리고 들어
간다

작고 작은 바늘구멍을 줍기 위해

하느님의 나라에서는
평면의 초록빛을 만드는 풀 깎는 기계를 구입하셨다

옛날의 방식과 똑같다
그 핵심에 있어서는
그는 체포된다 사자들이 어슬렁거리지 않는 최신형 감
옥에
아니,
숨어버렸나? 혹시 고래 뱃속의 요나처럼

어느 쪽이든 똑같다
우리는 그의 예언을 들을 수 없다

옛날의 방식과 다르다
그 핵심에 있어서는
빨간 올빼미처럼 그가 지껄인다

우리의 두 귀가 얌전하게 체포되셨다

그의 예언을 들을 수 없다
어느 쪽이든 똑같은가?

토끼를 조심하라구?

너무 작고 하야니까
하얀 털들이 어떤 부드러운 세월처럼 흔들리니까
어린 토끼들의 눈알이 유리눈송이처럼 쌓이니까
따듯하게 젖은 코에 발가락을 가져가고 싶으니까
아, 너무 많은 귀들, 귀들의 흰 채찍이 모였으니까
그 긴 것에 내 목이 감길지 모르니까

눈토끼들 혀 위에 녹아 흐 르 다

그 머나먼

홍대 앞보다 마레 지구가 좋았다
내 동생 희영이보다 앨리스가 좋았다
철수보다 폴이 좋았다
국어사전보다 세계대백과가 좋다
아가씨들의 향수보다 당나라 벼루에 갈린 먹 냄새가 좋다
과학자의 천왕성보다 시인들의 달이 좋다

멀리 있으니까 여기에서

김 뿌린 센베이 과자보다 노란 마카롱이 좋았다
더 멀리 있으니까
가족에게서, 어린 날 저녁 매질에서

엘뤼아르보다 박노해가 좋았다
더 멀리 있으니까
나의 상처들에서

연필보다 망치가 좋다, 지우개보다 십자나사못

성경보다 불경이 좋다
소녀들이 노인보다 좋다

더 멀리 있으니까

나의 책상에서
분노에게서
나에게서

너의 노래가 좋았다
멀리 있으니까

　　　기쁨에서, 침묵에서, 노래에게서

혁명이, 철학이 좋았다
멀리 있으니까

　　　집에서, 깃털 구름에게서, 심장 속 검은 돌에게서

아름답게 시작되는 시

그것을 생각하는 것은 무익했다
그래서 너는 생각했다 무엇에도 무익하다는 말이
과일 속에 박힌 뼈처럼, 혹은 흰 별처럼
빛났기 때문에

그것은 달콤한 회오리를 몰고 온 복숭아 같구나
그것은 분홍으로 순간을 정지시키는 홍수처럼
단맛의 맹수처럼 이빨처럼
여자뿐 아니라 남자의 가슴에도 달린 것처럼
기묘하고 집요하고 당황스럽고 참 이상하구나
인유가 심한 시 같구나

그렇지만 너는 많이 달렸다는 이유만으로
어느 농부가 가지에서 모두 떼어버리는 과일들처럼……

여기까지 시작되다가
이 시는 멈춰버렸구나

투명한 삼각자 모서리처럼 눈매가 날카로운

관료에게 제출해야 할 숫자의 논문을 쓰고

"아무도 스무살이 이토록 무의미하다는 걸 내게 가르쳐

주지 않았어요"

라고 써보낸 어린 친구에게 짧은 편지를 쓰고

나보다 잘 쓰면서

우연히 나를 만나면 선배님 시를 정말 좋아했어요,라고

대접해주는 예절 바른 작가들에게,

빈말이지만, 빈말로 하늘에 무지개가 뜬다는 것은 성경

에도 나와 있는 일이니까,

빈말이 아니더라도 '좋아해요'와 '좋아했어요'의 시제가

의미하는 바를 엄밀히 구분할 줄 아는

나는 고학력의 소유자니까,

여전히 고마워하면서, 여전히 서로 고마워들 하면서, 그

동안 쓴 시들이 소풍날 깡통넥타와 같다는 거

어릴 적 소풍 가서 먹다 잊은 복숭아 깡통넥타를

나는 아마 열매 맺지 못할 복숭아나무 가지 사이에 끼워

놓았나보다, 바람이 불고 깡통 구멍이 녹슬어가고 파리인

지 벌인지 모를 것이 한밤에도 붕붕거리고,
   그것은 너와 나의 어린 시절이 작고 부드러운 입술을 대
어보았던 곳, 그 진실한 가짜 맛
   그러다가 나는 문득 시작해놓은 시가 있으며

   어떤 이야기가,
   어떤 인생이,
   어떤 시작이
   아름답게 시작된다는 것은 무엇일까
   쓰러진 흰 나무들 사이를 거닐며 생각해보기 시작하는
것이다

제2부

공정한 물물교환

이내 나는 모든 것으로부터 멀어진다, 왜냐하면
모든 것이 알리바이를 성립시키기 위해 남게 되니까.
— 세사르 바예호 「1936년 시월, 파리」

인식론

호랑이를 왜 좋아하는지 몰라요
작은 나무의자에 어떻게 앉게 되었는지 몰라요
언제부터 불행을 다정하게 바라보게 되었는지
정원사가 가꾸지 못할 큰 숲을 바라보듯 말이죠
언제부터 너의 말이 독처럼 풀리는지 몰라요

맑은 우물은 여기부터
하나,
둘,
셋,

이 낡은 의자에서…… 언제쯤 일어나게 되는지
몰라요 나의 둘레를 돌며 어슬렁거리는 녹색 버터의 호
랑이들
대체 뭘 바라는 거죠? 몰라요
이 시를 몰라요 너를 몰라요 좋아요

후크

나는 애꾸눈이었어요

한개의 눈동자만으로 세상은 출렁이며 아름다울 수 있

었죠

모래 위에 세운 집 유리창을 노크하듯 당신이 내 눈동자

를 가볍게 두드린 뒤

모든 게 달라졌어요

기쁨의 눈꺼풀과 슬픔의 눈꺼풀이 한꺼번에 떠졌어요

이곳은 초점이 맞지 않아요

장미 꽃송이는 붉은 행성처럼 커다랗고 잎사귀는 고대의

푸른 동전 모양으로 달렸어요

바늘구멍마냥 벌새보다 작은 목젖에서

천개의 달이 질 때 들려오는 악공의 명주실 같은 탄식이

흘러나와요

양떼구름과

슬픈 공장과

모과나무가 끔뻑거릴 때의 누런 눈곱들

배에서 내려 만난 뭍의 동물은 은빛 두더지들

그들은 철학자처럼 보였어요

늘 단단한 바위 위에서 시작하니까요 사실은 폐광촌의
폐병쟁이 광부들인지도 몰라

그들이 토하는 자줏빛 피로 산의 검은 천공(穿孔)이 쿨럭
거려요

짚더미에 묻어둔 잘 말린 생선 조각들, 내 심장이 홍수에
떠내려가요

어제 죽은 사람의 목소리가 차가운 뱀처럼 내 귓속으로
기어들어왔죠

하루의 해골들이 엉성한 이빨을 부딪치며 내는 소음 속
에서도

지워지지 않고 다가오는 시계 소리처럼

이 모든 걸 아세요?

나는 부드러운 인내심으로 잘 견디고 있다구요

구름 공장과

슬픈 양떼와

모과나무가 끔뻑거릴 때의 누런 눈곱들

어린 시절의 도망치는 푸른 꽁무니를
하늘거리는 물결의 옷자락을
인광의 빛나는 망설임을 붙잡을 수 있다면
나의 과거가 나에게 고개를 끄덕이는 흰 물개처럼 온순
해질 수 있다면
사형수의 번호를 부르는 형리의 잔혹하고 명랑한 마지막
입술처럼
그저 당신을 따라다닐 수 있다면, 나의 피터팬

구름 나무와
양떼 공장과
슬픈 모과가 끔뻑거릴 때의 누런 눈곱들

너무 오래전에 배에서 내렸어요

공정한 물물교환

그는 그것을 바꿀 수 있다
서리 맞아 얼어죽은 무화과 꽃나무
한그루와,
주근깨 많은
그 여자에게 보내는
주홍빛 엽서의 우표 몇장과,
그저 한심하고 가벼운 안부를 묻는
안녕하세요?

그는 그것을 판다
"먼 나라의 허름한 가옥들이 줄지어 폭발했다"는
단 한 줄 인용구에,
가끔은 형이상학적 감정의 고리대금을 물기 위해,
더 가끔은 재미 삼아 그것을 북북 찢는다
반짝이는 얇은 면도칼
물기 많은 푸른 오이들
언 사과들
유리로 된 바퀴는 어디로 굴러가는지

그는 그것을 산다
평생 동안의 월급과 술병 더미들
단 하나의 녹색 태양, 연애의 비밀들과 양쪽 폐를 팔아서

이상한 물건
상점 주인이 종종 문학이라고 부르는

지나가던 사람이
붉은 칠 마르지 않은 벽에 등을 기대어본다

방법적 회의

너는 못 믿을 테지만,
동상이몽은 아름답다
너는 전나무의 보랏빛 꼭대기를, 나는 교회의 하얀 첨탑
을 사랑한다
다정히 누운 댐 위로 물이 차기 시작하면 우리는 함께 잠
길 거다

이 삶은 어리석게도 금잔화를 망치로 내려친다
너는 못 믿을 테지만
별이 우리 입속으로 달콤하고 어둡게 떨어진다
죽은 쥐와 고양이의 부패한 몸에서 흘러나온 녹색 웅덩이
취객이 남긴 슬픈 웅덩이에 우리가 누웠을 적에

너는 못 믿을 테지만
딱총나무 열매가 너의 눈을 저격한다
만일 가을까지 살아 있다면
들장미들아 너희의 가시를 밤의 부드러운 목구멍에 꽂아
넣으렴

우리는 별과 죽음을 교환할 것이다

어느 그림 속
붓꽃 가득 핀 꽃밭에서 갇힌 사내가
부서진 배의 노처럼
두 팔을 휘젓는다
우리는 그림 속으로 들어갈 것이다 그리고
그가 될 것이다

아무것도 믿지 않는 그가 될 것이다

오월의 별

늙은 여인들이 회색 두건의 성모처럼 달려와서
언덕 위 쓰러지는 집을 품안에 눕힌다

라일락이 달콤하고 흰 외투자락을 날리며 달려와
무너져가는 저녁 담을 둘러싼다

면식 있는 소매치기가 다가와
그의 슬픔을 내 지갑과 바꿔치기해간다, 번번이

죽은 사람이 걸어다닌다 꽃이 진다 바람이 분다 여름이
파란 얼음처럼 마음속으로 미끄러진다

하늘의 물방울 빛난다
내가 사랑했던 이가 밤새 마셨던

그런 날에는

산책을 나갈 수 없는 것이다 눈물을 흘리며
가다가 만난 친구에게 다정하고 소소한 안부를 물을 수
는 없는 것이다
함께 걷다가 네 오른쪽에서 왼쪽으로 자리를 바꾸어
계속 가듯이 그렇게 날씨를 바꿀 수 있는 건 아니니까
왜 마음은 어린 날 좋아했던 음료수병 같지 않을까
아무리 아껴 마셔도 투명한 바닥을 드러내던 그거
마지막 한 방울의 아쉬운 미학을
내가 다 기억하고 있는데
아무리 쏟아도 계속 흐르며 죽은 종이를, 칫솔들, 깨진 구
들을
적시는 게, 갈비뼈 사이로 깨진 간장독처럼 줄줄 흐르는
그런 게 내 속에 있는 것일까
이사 트럭처럼
이집 저집 옮겨다니며 소중한 세간살이며 거기에 담겨온
기억을 내려놓고
잘 사세요 애인들이여
출발하는 매일의 노동을 나는 모르는 것일까

그런 날엔

네 잠의 허파 속을 가시복어들이 빠르게 헤엄치고 있다고

붉은 얼음 위에 너의 손목들이 길게 놓여 있다고

네가 있는 곳에서 고개를 슬쩍 돌리며 말할 수 없는 것
이다

그런 날엔 실례를 무릅쓰고

열다섯살까지 엄마가 나에게 기워 입힌 아버지의 낡은
팬티나

그 떳떳한 바느질 솜씨에 대한 정신분석학이나, 식당에
딸린 방 한 칸을 노래한 시인에 대한 지울 수 없는 연대감,
그가 겸비한 용기와 솔직함에 골몰하느라

나는 솔직하지 않은 게 아니라 용기가 없는 거라고,

용기가 없는 게 아니라 사실의 씨앗을 부드럽게 덮어줄
유머가 없는 거라고,

나에겐 도망칠 수 없는 지리멸렬의 미학이 있을 뿐이라고

산책을 나갈 수 없는 것일까

불이 바뀌면 움직이기 시작하는 행인들처럼
금세 건너지 못하고 길게
배를 깔고 누워, 흐릿해져가는 횡단보도처럼
경쾌한 차들이 횡횡 지나쳐가는 굉음의 무게를
모든 세포의 사슬들로 잡아끌면서, 울음도 아니고 웃음
도 아니고 그저 무게일 뿐인,
질병도 못되고 회복도 못되고 모종의 이동일 뿐인,
어느 무념의 입술이 책 위의 먼지를 훅 불어버리듯
흩어지고 싶은, 그런 날

노을

하늘이 저기 있다
입은 채로 자신의 나일론 치마를 불태우는 여자처럼

벽에 걸린 그림 속에는 전나무의 녹색 바늘, 옥수수알의
노란빛이
눈을 찌르는 오후가 있다

불꽃, 너는
내부에 젖은 눈동자가 달린 동물 하나를 키우고 있다

전생

아주 오래 살아 별과 달의 기운을 부리는 점술사가 아니어도, 서너살짜리도 알 수 있다. 너는 천년 전부터 조여졌다 풀리려는 소리. 너는 끝까지 조여진 채 부서진 오르골의 태엽이었다. 빨간 귀뚜라미가 우는 덤불 아래서.

너는 심해동굴이었고 낡은 국도에 버려진 회색 도관이었다. 바람처럼 인용문을 좋아하는 네 습성이 그것을 증명한다. 너는 맑스와 보들레르와 안데르센 혹은, 이웃집 사내가 이층 창가에서 담배를 문 채 혼자 중얼거린 말을 좋아한다. 세상의 모든 말이 이미 내뱉어졌으니 무얼 덧붙일 필요가 있을까,라는 자조의 벌레가 네 검고 가느다란 핏줄 속에서 야광 솜털 같은 다리로 헤엄치기 때문이지.

네 안에서 난발로 풀어져 날리는 넝마보다는 어느 노래의 부드러운 몸뚱이가 실오라기 하나 걸치지 않은 채 너른 구멍에서 울리는 것이 좋다는 생각. 그건 다소는 너도 어쩔 수 없는 부끄러움 때문이고 네가 지쳤기 때문이고 또는 하늘로 날아오르는 밤색 안장 위에 깃털처럼 편승하려는 너

의 비겁 때문인데

　어쨌거나 조금만 지켜본 사람이면 네가 모든 매혹을 울리는 터널이며 더 깊은 곳에서는 그것들의 신랑이고자 했다는 것을 알 수 있다. 그렇지만 가장 가까운 전생을 고백하라면 너는 맷돌이었다. 누군가 배를 타고 이 알리지 못할, 흔들리는 중심으로 와서 너를 던져버렸다. 그렇지 않고서야 이렇게 깊고 마른 바닥에 세상의 모든 물통을 짊어진 흰 나귀처럼 드러누울 수는 없는 것이다.

어떤 보병

글자들의 사막을 지나
도시들의 시궁창을 지나
별과 얼음 녹은 진창길을 지나

봄
　여름
　　가을

너덜거리고 찢어진 마음의 끝단이
어느 검고 부드러운 가죽 장화 속으로
몰래
기어들어가 있었습니다

그것을 벗기 싫어
밤새 알지 못하는 어느 주홍빛 막사 앞에서
나는 보초를 섰습니다

흠뻑 젖은 외투 위로
가벼운 밤눈이 또다시 내리고 있습니다

불안의 형태

낡은 태양이 창유리에 던지는
여섯번
무감한 입맞춤
그리고 문득
일요일이 온다

죽은 연인의 흰 목을
마지막으로 만질 때처럼
서먹하게

심장 안쪽으로
뒷걸음치던 누군가
피에 전 팔꿈치로 치듯이

천장에 매달린
도기인형이 떨어진다
빛에 활짝 벌어진
천진한 튤립 꽃잎 위로

느린 오후
술과 피 섞인 물에 잠겨 있던 생각 하나
희미하게 자라난다
세계의 무성한 끝을 향해

갇힌 사람

기형도에게

그는 내 안에 갇혔다
그리고 슬픔은 그의 안에 갇혔다
그는 예전과 달리 여유가 조금 생겼다, 공원의 좁은 나뭇
잎들
아래로 천천히 걷다가 사다리로 올라가
하늘을 뜯어버렸다, 구멍을 막아놓은 판자처럼
빗방울
혹은 별과 검은 빛이 쏟아질 테고
너는 바라볼 것이다,
라고 그는 생각할 테지만

나는 여전히 분주했다, 뜯지 않은 서류가
쌓여 있고 오후의 햇빛은 빛났다
그가 가는 곳을 신경 쓸 겨를조차 없었다, 그러므로
무엇인가 흘러나와 먼지투성이
푸른 종이를 적셨지만 내 탓은 아니다
그런 저녁이면 참
이상하기도 하지, 돌계단에 앉은

그의 곁에서 늙은 개가 축축한 밤의 뺨을 핥는 것이다
달이 조각칼로
지나가는 날들과 죽은 나무들의 껍질을 벗긴다
환하게, 문득
은빛 기둥이 드러난다

아 그렇군, 아주 오래전
나는 어둡고 부드러운 세월과 결혼한 적이 있다
자두나무 두그루 사이에 걸린
희미한 기타 소리 같은 얼굴
그 세월이 데려온 슬픔의 의붓자식
모든 청춘이 살해된 뒤에도 살아남을
비명의 공증인, 그는
내 안에 갇혔다

시인의 사랑

만일 네가 나의 애인이라면
너는 참 좋을 텐데

네가 나의 애인이라면
너를 위해 시를 써줄 텐데

너는 집에 도착할 텐데
그리하여 네가 발을 씻고
머리와 발가락으로 차가운 두 벽에 닿은 채 잠이 든다면
젖은 담요를 뒤집어쓰고 잠이 든다면
너의 꿈속으로 사랑에 불타는 중인 드넓은 성채를 보낼
텐데

　오월의 사과나무꽃 핀 숲, 그 가지들의 겨드랑이를 흔드
는 연한 바람을
초콜릿과 박하의 부드러운 망치와 우체통과 기차와
처음 본 시골길을 줄 텐데
갓 뜯은 술병과 팔랑거리는 흰 날개와

몸의 영원한 피크닉을
그 모든 순간을, 모든 사물이 담긴 한 줄의 시를 써줄 텐데

차 한 잔 마시는 기분으로 일생이 흘러가는 시를 줄 텐데

네가 나의 애인이라면 얼마나!
너는 좋을 텐데
그녀 때문에 세상에서 제일 큰 빈집이 된 가슴을
혀 위로 검은 촛농이 떨어지는 밤을
밤의 민들레 홀씨처럼 알 수 없는 곳으로만 날아가는 시
들을
네가 쓰지 않아도 좋을 텐데

N개의 기억이 고요해진다*

지나쳐온 거리에 갔었어
아버지 없는 장남과 결혼할 뻔했었네
모호한 몸짓을 가진 여자와 애절함의 완고한 표정 짓는
여자 사이
비극적 여생과 농담 같은 구원 사이
바람과 풍경
타인과 물건들 사이
거창한 소설을 쓰는 남자와 거창한 시는 혐오하는 남자
사이
지나쳐온 거리에 처음 갔었어
유언 없이 죽은 이의 아들과 이혼할 뻔했었네

우리는 단어 몇개, 심장 몇개
잡지 몇개를 나누어 가지고 자줏빛으로 부드러워진
나무들의 푸른 사이를 거닌다
그제는 인간 권리에 대한 아렌트의 책을 함께 읽고서
어제는 그녀의 스무살 적 애인과 게르만 민족에 대한 논
문을 쓰고서

오늘은 철학자와 시인들의 인연에 관해 멋대로 숙고하
면서

모레쯤, 죽은 새는 다 어디로 갈까
죽어간 이야기는, 흩어진 조각들은
슬퍼도 웃는다는 너는,
부드럽고 지친 너의 자줏빛 입술은?

전부
　푸른 깃털처럼　　흔들리는
노래 속으로

지금은 우리가 나누어지기 직전
지금으로서는 우리가 얼룩지기 직전
지나쳐온 거리들이 다가온다

우리의 무릎 사이
만연한 슬픔과 견뎌낼 남루 사이

지나쳐온 거리들이 끝까지 다가온다
멍든 무릎 사이로, 끝까지
지나쳐온 거리들이 빠르게 고요해진다

그곳에 영원토록 머물며
우리 함께, 붉은 비단처럼 거리들이
처음처럼 꽉꽉 찢어지는 진실한 소리를 들으리라
너는   너와
나는   나와 함께

*이 시는 심보선의 시 「웃는다, 웃어야 하기에」에서 나온 단어 서른여섯개를 넣어 만들었다. '아버지, 거창한, 민족, 단어, 농담, 장남, 비극적, 구원, 애절함, 만연한, 모호한, 끝까지, 바람, 풍경, 남루, 진실, 죽은 새, 유언, 다가온다, 얼룩, 거닌다, 여생, 인연, 숙고, 고요해진다, 슬퍼도, 심장, 직전, 타인, 물건들, 견뎌낼, 인간, 머물며, 전부, 웃는다, 지금으로서는'.

파리에서의 한달

모든 것이 다 있다
상아로 된 손 모양의 작은 판
낡은 이집트 술병, 고기 낚는 낚싯줄과 음을 낚는 악기
들이
한데 있는 유리상자
주인이 사라진 아름다운 정방형무늬의 관들, 보리와 재
의 복도

박물관을 나오면 카페들
왕이나 극작가의 흰 수염을 기념하는 분수
영원한 봉헌물과
그것을 뜯어먹는 도둑고양이 같은 눈빛들을
나는 보았다

그리고 다음주엔
고요한 공원과 시인들의 산책로

공원을 산책하지 않은 시인들,

그들은 한밤중 깊은 숲길을 걷다가
요정의 여왕을 따라 영원히 가버렸다
나는 그들이 사라진 고목나무 구멍 속에
팔을 넣었다

공원을 산책했던 시인,
그는 도시의 불빛과 소음을 피해
멀리 달아나도
긴 영혼의 절반쯤은 굴뚝과 첨탑에 묶어둔
산책자, 서글픈 녹색 의자들

일주일
또다시 일주일이 흐르면

붉은 나사들이 돌아간다
따듯한 겨드랑이에 방금 산 책을 끼고
자기도취적인 얼굴로 걸어가는 소년들
럼주 섞인 크레올 아이스크림을 녹이는 햇빛과

혀 위엔 변함없이
달고 어두운 맛의 골목들

나는 지나가며
달력과 고지서와 먼지가 가득 쌓인 아파트 우편함을 보
았다
고개를 들면 어디에선가 이 도시로 돌아오길 망설이는
여행자를
매일 저녁 같은 자리에서 수위처럼 서서 기다리는
아주 커다란 철탑을

지도를 찾아서

녹색 오렌지로 태양을 그리는 아이들은 어디 있나
바다를 술로 만드는 마술은 어디에 있나
망루에서 죽은 자에게
빌딩처럼 멋진 묘비를 세워주는 도시는
어디 있나

어디에 있나…… 코르크 마개처럼 가볍게
제가 빠져나올 술병 속에서만 떠도는 영혼은
어디에 있나
핏자국 얼룩진 제 모포로만 상대의 누런 얼룩을 덮어주는
다정한 의사당은 어디에 있나……
가던 사람들이 죽은 정어리처럼 꼼짝 않고 서서 바다를
찾는 도시는
자기만의 하얀 무지개로
소년들이 목을 매는 철탑은

어디에 있나

무덤에 뿌려진 꽃송이를 씨앗으로 바꾸는 마술사는
신문이 시처럼 읽히는 둥근 십자로에서
못 박히는 시간들은

슬픔의 작은 섬

슬픔의 섬
그런 사건의 작은 돌멩이들로만 이루어진

그녀의 젖은 머리카락에서 나던 사과 반쪽의 냄새
나는 기억한다, 그날 널 향해 내린 건 세상의 첫 가을비
아무래도 우리는 천년을 함께 살아온 것 같아

흔들리는 양귀비꽃의 바람에 머리를 말리며
향기에 불룩해진 돛으로
강 가운데로 밀려가는 조각배처럼
어리둥절하게 인생이 갈 거야

너의 옷소매는 몇년에 걸쳐 나무식탁에서 닳아버리는
지?
화를 내며 걸을 때면 회색 리넨 바지가 내던 거친 소리들
서로가 잘라준 날카로운 동물의 손톱이 마루의 몇번째
틈새를 메우고 있는지?
네 노란 공단 양산은 어떤 모양으로 기울어지며

내 어깨 뒤의 사막에 부드러운 그늘을 만들었는가?

시인은 연인에 대한 미묘하고 병적인 묘사로 신문에 날
것이다
그래도 좋으리
사소한 슬픔은 흔들리는 거울 위로 흘러내리고
문득, 유리창으로 내다보면
달콤한 솜털 덮인 그녀의 등고선을
팬지와 토끼풀의 혀로 핥으며 봄은 올 테지만
연인들을 모르는 척
사연 없는 세계의 고요한 아름다움에 대해
산과 강물이 서로를 쳐다볼 것이다

그것도 잠시, 슬픔은 여름의 저지대로 흘러가고
폭풍처럼 살인이 일어날 테지, 연인의 배신에
핏방울과 빗방울이 쏟아질 것이다
시인은 애인의 흐르는 홍수에 몸을 담그고
분노의 조가비를 따서

사랑의 신, 그 애송이의 부드러운 목에 진주를 걸어줄 것
이다

그들이 처음으로 입 맞추던 강가의 풀밭이
낡은 녹색 침대 매트리스마냥 얼마나 소란스러웠는지 그
제서야 기억날 거다
'우리가 처음 서로의 팔에 안겼을 때 벌들은
거대한 꽃송이의 알지 못할 꿀 속에 익사했었다
그날 임신 중이던 운명은 수년의 진통 끝에 사랑과 죽음
을 쌍둥이로 낳았다'는
그런 종류의 슬픔,
그런 종류의 슬픔으로만 만들어진 작은 섬은……

없다 없을 거야
마지막으로 깨지는 네개의 거울의 강
포클레인 옆에 서서
콘크리트 죽을 다 핥아먹기 전엔

만국의 연인들이여

영원히 슬퍼합시다

슬픔의 슐라라펜란트, 그 섬에 가기 전에

드넓게 세워진 죽음의 건축학적 강둑 위에 서 계신 여러

분……

세상의 절반

세상의 절반은 붉은 모래
나머지는 물

세상의 절반은 사랑
나머지는 슬픔

붉은 물이 스민다
모래 속으로, 너의 속으로

세상의 절반은 삶
나머지는 노래

세상의 절반은 죽은 은빛 갈대
나머지는 웃자라는 은빛 갈대

세상의 절반은 노래
나머지는 안 들리는 노래

제3부

지난해의 비밀

당신의 심장 위로 나를 우표처럼 올려놓으시오.
당신의 팔 위로 표시처럼.
사랑이 강하기 때문이오, 죽음처럼.
질투가 강하기 때문이오, 무덤처럼.
숯불들. 새빨갛게 달궈진 숯불들. 강렬한 불꽃들.
많은 물도 사랑을 끌 수는 없고, 강물도 사랑을 덮을 수는 없소.
──안토니오 무뇨스 몰리나 『폴란드 기병』

그냥, 판도라 상자

너의 말이 낡은 소파에서 일어나 세상에서 가장 큰 기지
개를 켜는 날이 있었지
　나의 말이 스텐 프라이팬에서 겹겹이 흩어진 양파처럼
　희망의 냄새를 피우며 둥글게 구워지던 날이 있었지

　우리의 말이 긴 속눈썹을 열고 부드러운 푸른 오솔길을
보여주던 날이 있었지
　빨간 스프링의 모가지를 가진 슬픔이 담장 너머로 튀어
오르던 날이,
　거대한 고깃덩이에서 기름을 떼어내다 미끄러진 도살장
의 칼날 같은 말이,
　너와 내가 아주 모호한 거리에서 만나고 헤어지며
　주고받은 말이 있었지

　나는 그냥,
　망가진 몸의 상자로부터 뛰쳐나오는
　상자에 그려진 무섭고 익살스런 녹색 표정의 마지막 유
령이나 되었으면
　아무 때나, 아무 곳에도 숨길 수 없는

기적

누군가에게 아름다운 기적이 일어나서
물과 포도주로 들판을 분할했다
네가 마신 것은 무엇인가, 무엇인가

오래된 이야기

옛날에는 사람이 사람을 죽였대
살인자는 아홉개의 산을 넘고 아홉개의 강을 건너
달아났지 살인자는 달아나며
원한도 떨어뜨리고
사연도 떨어뜨렸지
아홉개의 달이 뜰 때마다 쫓던 이들은
푸른 허리를 구부려 그가 떨어뜨린 조각들을 주웠다지

조각들을 모아
새하얀 달에 비추면
빨간 양귀비꽃밭 가운데 주저앉을 듯
모두 쏟아지는 향기에 취해

그만 살인자를 잊고서
집으로 돌아갔대

그건 오래된 이야기
옛날에 살인자는 용감한 병정들로 살인의 장소를 지키게

하지 않았다

그건 오래된 이야기
옛날에 살인자는 아홉개의 산, 들, 강을 지나
달아났다
흰 밥알처럼 흩어지며 달아났다

그건 정말 오래된 이야기
달빛 아래 가슴처럼 부풀어오르며 이어지는 환한 언덕
위로
　　나라도,
　　　　법도, 무너진 집들도 씌어진 적 없었던 옛적에

단식하는 광대

얼마나 더
여윈 가지 위에 올라야
집요하게 흔들릴까

얼마나 더
높은 가지 위에 올라야
집요하게 괴로울까

빽빽하게 들어선 침엽수림 위로

어둠이
거대한 초콜릿바처럼
솟아올랐다

우리에게 일용할 코를 주시옵고

나는 누런 레이스 달린 속옷
오래도록 갈아입지 않은 페이지들의 무덤 속에
코를 처박았다
위대한 페이지는 이미 접혔다
난폭한 개들은 두 귀를 만들어준 주인을 따라갔나
오늘은 아무도 짖지 않네

인색한 자들의 콧수염을 잡아당기자
도시가 우리의 콧등에 입 맞출 때

잘 가꾸어진 공원의 데이지 꽃밭들 사이에서
해바라기의 큰 키로 올라오는
내장의 썩은 냄새를 맡는 사람이 되어야지

저 노란 강철은 어디서 왔을까
솟아오르는 날카로운 향기의 낫

마비의 나날로부터 일어나세요

글자의 시체들이여
우리는 과장의 슬픔과 기쁨 모두를 배워야 합니다

검은 고무가 불타고 있는데
피아노 건반 뒤의 망치처럼
똑같은 나날이 네 영혼의 뒤통수를 치는데
거인은 앙상한 냄새의 뼈대로
세월이 술통 속에 숨겨둔 마지막 부랑자를 찾아내는데

내가 아는 것은 하나
우리가 둘이라는 거
하나와 둘 사이에서 슬픔의
무한소수가
바퀴벌레처럼 줄지어 지나간다는 거

그만 부활하세요
새벽 거리의 쓰레기통이 일제히 열리는 냄새에
콧구멍을 벌름거리면서

코끼리의 푸른 코가 소년들의 손처럼

냄새의 은밀한 곳을 더듬는다

지난해의 비밀

구름이 물방울들, 발 없는 영혼들의 몽유병이라는 거
청춘의 고통이 끝나지 않는다는 거
청춘이 끝난 뒤에도 고통이 끝나지 않는다는 거
어떤 싸움이 끝난 뒤에도 끝나지 않는다는 거
나무들, 나무들의
회색 밑둥 아래로 슬픔의 기름이 흐른다는 거

인쇄소의 거대한 소음 속에서
감리 보는 사람에게 소리 없이 시가 새겨진다는 거
내가 너를 이미 떠났다는 거
봄이 오고 구름이 지나가고
꽃들은 시를 떨어뜨리고, 거리에서

어느 한 줄의 문장을 읽을 무렵
붉은 윤전기가 돌아간다는 것
다시 돌아가기 시작한다는 것
어디선가
고요한 침묵 속에서, 모두 떠나간 자동차 공장에서

아이들은 유리로 된 껌을 씹고
아 아 아 웃으며 지나가는 아가씨의 순결한 옆구리에서
창이 튀어나오고
필름을 넣지 않은 사진기의 눈빛으로
네가 그 풍경을, 나를 철컥철컥
찍어댄다는 거

배고픈 아이와
죽은 사람의 흰 달을
비 갠 거리, 핏방울
싸움꾼이 잠시 후면 늙어간다는 거

종이의 깊은 속에서 가래가 끓고, 그 거품들
너의 왼뺨이 오른뺨보다
따듯하다는 거
내가 네 연인의 연인을 사랑했다는 거
벼락 맞은 한밤의 나무처럼

태양이 동그랗고 노란 나뭇잎이라는 거
그래서 매일 떨어지고 또 떨어지고
새삼 5월을 노래할 필요가 없다는 거
1월에도 12월에도 평등하게, 사이좋게

죽음이 흰 유방 열두개를 전부 드러낸 채 거리를 뛰어가
고 뛰어갔으니

고백

내 죄를 대신 저지르는 사람들에 대해
내 병을 대신 앓고 있는 병자들에 대해
한없이 맑은 날 나 대신 창문에서 뛰어내리거나
알약 한 통을 모두 삼켜버린 이들에 대해

나의 가득한 입맞춤을 대신하는 가을 벤치의 연인들
나 대신 식물원 화단의 빨간 석류를
따고 있는 아이의 불안한 기쁨과
나 대신 구불구불한 동물 내장을 가르는 칼처럼 강, 거리,
언덕을

불어가는 핏빛 바람에 대해
할 말이 있다

달콤한 술 향기의 전언을
빈틈없이 틀어막는 코르크 마개의 단호함과 확신에 대해
수음처럼 또다시 은밀해지려는 나의 슬픔에 대해
수음처럼 할 말이

나 대신 이 세계에 대해 더 많은 것을 희망하는 이들과
나 대신 어두워지려는 저녁 하늘
들판에 우두커니 서 있는 검은 묘비들
나 대신 울고 있는 한 여자에 대하여

빌뇌브의 피에타

그녀는 울지 않았다
눈물방울들은 응축되었다 아주 작아져
그녀의 늙고 메마른 유방 조직을 뚫고서 스몄다

늑골 아래 그것들은 다시 맺혔다
유리병 속에 담긴
검은 올리브들처럼

그가 허기진 마른 입술로
그녀의 가슴을 열어
올리브 한알을 깨물었을 때
아버지의 확신에 찬 나라는 사라졌다
감람산의 향기롭게 떨리는 밤이 영원히 시작되었다

죽은 이의 평화

신선한 보릿단 위에 앉아
금화 더미에 앉은 도둑처럼, 모리배처럼
나는 흐뭇해지리

호명할 수 없는 기억들에
잔뜩 취해 달은 엎질러진 은빛 술잔 같다

이끼와 산딸기의 장난스런 발가락이
내 것 아닌 세월들로
나의 동그란 백골을 두드리리

덩굴손들이 자색 향기와 열매를 가득 들고
서둘러 심부름 가는 아이마냥,
내 적막한 침묵을 지나쳐 다른 계절로, 또다른 술가게들
로 들어간다

성품이 온유한 안개의 느린 암소만이
축축한 혀로

말라죽은 나무와 건물의 불결한 창을 핥는 거리

아무도 기억할 것 없는 골목들이
기록도, 통곡도 없이 어둡게 늙어가는 벽의 주름진 입가
희미한 어제와 그제들, 가루처럼 바스러진 해〔年〕들의 뼈
다귀, 바지의 해진 무릎이
다 스미어

밤은
살찐 흑인 나부처럼 아름답고 부드럽다
나는 가벼운 손을 뻗어
그녀 품에서 죽어가는 이의, 아직 따듯하고 취한 몸속으
로 들어가리

너의 입술이
겨울의 한가운데로, 고장난 창문처럼 활짝 열린다면

나는 죽음의 신선한 보릿단 위에 누워

금화 더미 위에 누운 도둑처럼,
진실의 모리배처럼 흐뭇하리

폭풍에 날아가는 빨간 지붕처럼 활짝 열린다면
　　　무방비의 하늘은 내 얼굴 위로 천천히 내려오고
다만, 너의 입술이……

거리로

우리의 갈비뼈 하나를 뽑아
진실을 만드세요, 하느님
그녀와 손잡고 나가겠습니다

몽유의 방문객

너는 오겠지, 달의 해안에 꽃들이 하얗게 밀려오는 봄밤에
너는 오겠지, 부서진 간판의 흐느낌을 가로수 검은 가지
로 건드리는 여름밤에
오겠지, 추위와 얼음의 투명한 발톱으로 다듬어진 소박
한 식탁에
부엌에서 다시 칼국수를 끓이려고
하얀 밀가루가 여주인의 손톱 사이에 실낱 같은 달로 떠
오르는 밤에

초록색처럼 사랑스런 연인이었네, 아닌가
첫 눈송이의 흰빛으로 너는 사랑스러웠던가
기억나지 않는다, 우리는 가을밤의 어두워가는 남청색
코트 자락에 기어들어가
별빛처럼 부드러운 국수 한 그릇을 나눠 먹었으므로

꿈속을 걸으면서 너는 기억하네
여럿이 둘러앉아 먹을 수 있는 크고 둥근 식탁*
부드럽고 위태로운 장소의 이름 속으로

너는 들어오겠지, 둘러앉아 우리 무얼 먹을까 궁리하며

전기 끊긴, 낭만적인 유사 별밤에서 노래도 몇 소절 훔쳐
왔다네
아름답게 반쯤 감긴 눈으로 너는 기억할 수 있겠지
옛날에 한 술꾼 평론가가 먼 기차 소리의 검은 아치 아래
등을 기대던 곳
새벽의 투명한 술잔 속에 시인이 떨어뜨린 한점의 불꽃
을 천천히 마시던 곳
이젠 죽은 그가 천천히 걷다가 모퉁이를 돌아가며
다른 이들의 노래로 가엾게 굽은 등을 조용히 숨기던 밤
의 근처들

기다리며 책을 펼치네, 토끼며 사슴 눈동자로 가득한 페
이지를
오고 있겠지, 너 오면 넘기자, 이빨이며 발톱으로 붐비는
날카로운 뒷장을
너는 꿈에 취해 오겠지, 취기로 넘기자

네가 오지 않아 부서지려는 곳
건축업자가 청혼의 반지를 들고서 기다리는 그곳

기다리네, 술 취한 돌고래처럼
너는 오겠지, 너도 모르게
부서지려는 약속의 순간으로
오겠지, 아름다운 거짓말처럼

우리가 꿈속에 서 있다
녹색과 붉은 잎을 다 떨어뜨린 뒤에 서 있는 나무처럼
사라지지 않는 두려움이 서 있다
둥근 잎의 장소들을 다 떨어뜨리며

* 두리반.

돈 후안

내가 다녀간 곳들의 일관성은 가져간 여행가방의 짙은
남색뿐
내가 편지를 보냈던 곳도 다르다
노래를 불렀던 곳도 다르다 사랑을 나눴던 곳도 다르다
편지에 붙인 우표도, 노래를 적었던 종이의 냄새도,
작은 귀에 밀어를 속삭이다 바라다본 보랏빛 구름의 모
양도 다르다
여러 정원에서 꺾어온 몇개의 약속을 커다란 꽃송이처럼
그녀의 심장에다 한데 꽂아주었다,
정열의 융털 속으로 암처럼 퍼지는 시간의 거짓을 모두
걷어낸 뒤
너는 밤마다 켜지는 침대맡의 전등갓처럼 은은한 목소리
를 원한다
그렇지만 나는 금세 꺼지는 성냥개비 세개의 짧은 호흡
으로 사, 랑, 해, 라고

나는 성별, 나이, 계급, 취향이 여럿인 연인을 꿈꾼다

Bucket List*

시인 김남주가 김진숙에게

이보오 스물한살의 용접공 아가씨
다섯 손가락에 불꽃을 달고 강철의 굳은 표정을 멋대로
자르고 이어대는
사랑스런 당신
당신은 먼 후일
더 높은 곳에 오르게 될 것이오

이봐요 아가씨
삶은 정말 주머니들로 가득한 옷 같소
이렇게 많은 감정을
이렇게 많은 사람을 전부 담을 수 있다니

이것은 마야콥스키의 말투라오
나는 당신과 닮은꼴인 시인들의 아름다운 목소리를 여럿
번역했지
물론 감옥에서 말이오
죽음의 발길질이 언제 시작될지 모른 채
가장 빛나는 은빛 양동이에 모든 노래와 소망을 다 담으

려 했지
　가장 낡은 변두리에서 흘러나오는 더운 하수 같은 노래를
　미로처럼 생긴 거리들에서 일제히 떠오르는 빨간 풍선
같은 소망을

　거짓 없는 흰 발로 올라선 나의 양동이가 차이기 전
　내가 마지막으로 작은 수첩에 적은 말은
　해방
　제국으로부터의 해방
　모든 제국으로부터의 해방
　이보시오 영리한 아가씨
　당신은 서로 다른 풍경 뒤에 놓인 동일한 원인을 잘 알고
있다오

　수빅의 노동자를 착취하려는 손길이
　아(亞)제국의 노동자를
　제국과 아(亞)제국의 이 어두운 거리들에 물끄러미 세워
놓는다는 것을

장난감 병정처럼
모두 떠나간 놀이터 모래밭
팔다리가 부러진 채 간신히 꽂혀 있는 파란 병정처럼

금지된 일터로부터 망명한 당신
다시 돌아가기 위해 26년을 기다리게 될 당신
이보오 올해가 그 마지막 해라오
힘을 내요 당신은 꼭 돌아가게 될 것이오

이봐요 환하게 웃는 반백의 아가씨
당신의 삶은 정말 주머니들로 가득한 옷 같소
얼마나 많은 슬픔
얼마나 많은 기쁨
얼마나 많은 분노
얼마나 많은 영혼을 한꺼번에 담을 수 있는지

당신을
아침저녁으로 읽기 위하여

사람들은 점점 높아가는 가을의 고요하고 무거운 하늘을
올려다볼 것입니다
당신이 야윈 목에 매달고
찰랑이며 올라가는 슬픔과 기쁨의 양동이를

나는 그들과 함께 올려다볼 것입니다
그것이 마지막 나의 할 일
　　　마지막 나의 소망

1994년 2월, 어느 병실에서

*죽기 전에 꼭 하고 싶은 일들의 목록. 'kick the bucket'(양동이를 걷어차다)이라는 말에서 유래했다. 이 말은 중세시대 교수형을 집행할 때 사형수가 딛고 올라선 양동이를 걷어차 죽음에 이르게 하는 것을 뜻한다.

아주 커다란 호박에 바치는 송가

아담의 하느님이 말씀하신다:
누구도 이 탐스런 노란 보석을 탐하지 말라

사과가 호박이라면
이브가 먹은 것이 커다란 호박이라면

그녀는 작은 사과 한알을 먹고서야 알았다
자아(自我)——
혼자서 온전히 다 먹을 수 있는 것의 비밀을
육체 속에 홀로 남아 있는 것의 비밀을

(물론 알 수 없는 두려움으로 몸을 떨며
반쪽은 아담에게 건네기는 했지만)

사과가 커다란 호박이라면
이브가 먹은 것이 아주 커다란 호박이라면

너무 많아, 뱀아 너도 한입……

아담에 사는 것 모두가 공범자, 맛의 죄인들

호박덩굴이 초록 뱀처럼 기어가는
땅 위에서 이브가 노래한다
여러분 핥아먹읍시다
호박, 대지 위에 맺힌 커다란 꿀 한 방울
달콤함의 전 우주를 회전하는 열매의 행성

결백한 하느님
거친 호박덩굴을 헤치며
혼자 아담을 떠나다 독백하신다:
나도 맛이나 볼걸······

사과가 호박이라면
네가 먹는 것이 한여름밤의 달처럼 커다란 호박이라면

혼자서 다 가질 수 없는
이 달콤한 죄

멸치의 아이러니

멸치가 싫다
그것은 작고 비리고 시시하게 반짝인다

시를 쓰면서
멸치가 더 싫어졌다
안 먹겠다
절대 안 먹겠다

고집을 꺾으려고
어머니는 도시락 가득 고추장멸치볶음을 싸주셨다
그것은 밥과 몇개의 유순한 계란말이 사이에 칸으로 막
혀 있었지만
뚜껑을 열어보면 항상 흩어져 있다

시인의 순결한 양식
그 흰 쌀밥에서 나는 숭고한 몸짓으로 붉은 멸치를 하나
하나 골라내곤 했다
시민의 순결한 양식

그 붉은 쌀밥에서 나는 결연한 젓가락질로 하애진 멸치
를 골라내곤 했다

대학에 입학하자 나는 거룩하고 순수한 음식에 대해
밥상머리에서 몇달간 떠들기 시작했다
문학과 정치, 영혼과 노동, 해방에 대하여, 뛰어넘을 수
없는 반찬 칸과 같은 생물들에 대하여
잠자코 듣고만 계시던 어머니 결국 한 말씀 하셨습니다
"멸치도 안 먹는 년이 무슨 노동해방이냐"

그 말이 듣기 싫어 나는 멸치를 먹었다
멸치가 싫다, 기분상으로, 구조적으로
그것은 작고 비리고 문득, 반짝이지만 결코 폼 잡을 수 없
는 것

왜 멸치는 숭고한 맛이 아닌가
왜 멸치볶음은 죽어서도 살아 있는가
이론상으로는, 가닿을 수 없다는 반찬 칸을 뛰어넘어 언

제나 내 밥알을 물들이는가
　왜 흔들리면서 뒤섞이는가

　총체적으로 폼을 잡을 수 없다는 것
　그 머나먼 폼
　왜 이토록 숭고한 생선인가, 숭고한 젓가락질의 미학을
넘어서 숭고한가
　멸치여, 그대여, 아예 도시락 뚜껑을 넘어 흩어져준다면,
　밥알과 함께 쏟아져만 준다면
　그 신비의 알리바이로 나는 영원토록 굶을 수 있었겠네

　두 눈 속에 갇힌 사시(斜視)의 맑은 눈빛으로
　다른 쪽의 눈동자를 그립게 흘겨보는 고독한 천사처럼

밤

술자리의 음란한 말들이 자꾸 흘러가네
밤은 고양이의 울음으로 짠 검은 망사 속옷을 입었네
얼빠진 도둑이 살찐 빈 보석함을 훔쳤다네
녹색 씀바귀의 불빛에 술꾼들은 혀를 담그네
달은 혼자 빠져나와 이리저리 옮겨다니며
텅 빈 광장의 축축한 구석들에 누워보네

그리하여, 어느날

빗방울에 갇힌 자음이 잎새들의 모음에 닿는 소리를 듣
게 되고
그러니까 영혼이란 거 천사가 방금 따준 버찌알의 작은
귀걸이를
엄마가 두 손으로 귀하게 쥐고 있다
세상의 첫 무도회 열리는 날 내 작은 귀에 달아주는
그런 것은 아님을 알게 되고,
어쩌면 두개 중 하나는 태어나면서 죽은 쌍둥이 언니 귀
에 달아놓아
나는 짝 잃은 버찌알 하나를 달고 집을 나가지 못하는 거
라고,
그냥 내 방에 우두커니 있을 때 한쪽 귀에 달고 거울 속
의 언니에게나 자랑한다고,
아무도 내 마음의 보석상자를 열지 못했다고 유행가처럼
흥얼거리게 되고
창밖을 내다보면

그리하여, 어느날은 어느날이고, 어느날인 어느날

신은 아파트 상가 곡물가게의 어리숙한 여종업원마냥

모든 것의 포대자루를 느슨히도 묶어놓아서

저 아래 이층집 옥상 위 화분에 심은 콩깍지에서 완두가
갑작스레 쏟아지고

계단을 총총히 올라가던 한 여자의 아몬드 모양의 눈에
서는 울음이 쏟아지고

언덕을 내려오던 자동차 운전자에게는 졸음이 쏟아지고

그것도 모른 채 계란과 담배를 사러 길을 건너던 네 늑골
과 머리에서 피가 쏟아지게 되고

그것도 모른 채 네가 사랑하던 여자의 심장에서는 다른
데로 사랑과 슬픔이 쏟아지고

어떤 메두사의 머리로도
쏟아지며 흘러내리는 순간들을
정지시킬 수 없음을
너는 굳어가는 눈동자로
　　　그 순간, 영원히 보게 된다

자스민

B에게

이 향기를 전해줄 수는 없어
너는 언젠가 부드러운 고개를 숙여 하얀 꽃잎들을 바라
보았을 테고
향기를 힘껏 들이마셨을 테고

네가 어떤 비밀스런 고요함 속에서
사랑하는 여자의 따듯한 가슴을 들어올리듯
공기는 꽃잎을 살짝 들어올리고 있네
하얀 입술들은 어디에 닿으려는 것인지
어떤 갓 핀 죽음을 향해 달아나려는 것인지

진실의 비커에 항상 붉은 꽃이 피는 것은 아니지
그런 종류의 실패들, 그런 종류의 상처들, 결정들
우리는 벌써 그걸 알 만큼 가볍게 어른이 되었다네

가지고 있기 힘들지만 버릴 수도 없는 것
그런 기억으로 묵은 몸이 달아오르며 무언가 쏟아내던
빛나는 결정의 날들을

너도 아는지? 우리가 알고 있는 거리, 거리들로
공기가 수만개의 투명 유리종처럼 부서지고 있어

기억나지 않아요
아무 일도 기억하지 못하는 너에게 이 흰빛의 어둡고 붉
은 향기를
벌들의 떨리는 날개가 부서지듯 말해

줄 수 있을까

　서른살 무렵, 죽을 것 같은 기분이 들었다. 그때 카프카가 죽은 나이까지는 살게 해달라고 빌었다. 그런데 하느님은 내 소원을 잘못 알아들으신 것 같다. 카프카가 쓴 것처럼 쓸 수 있을 때까지 살게 해달라는 이야기로. 그리하여 나는 그 누구보다 오래 살고, 어쩌면 영원히 살게 될지도 모른다. 이 불미스러운 장수와 질 나쁜 불멸에 나는 곧 무감해질 테지. 문학은 나에게 친구와 연인과 동지 몇몇을 훔쳐다주었고 이내 빼앗아버렸다. 훔쳐온 물건으로 베푸는 향응이란 본래 그런 것이지, 지혜로운 스승은 말씀하실 테지만 나는 듣는 둥 마는 둥. 소중한 것을 전부 팔아서 하찮은 것을 마련하는 어리석은 습관을 여전히 버리지 못했다.

2012년 8월

진은영

창비시선 349

훔쳐가는 노래

초판 1쇄 발행/2012년 8월 17일
초판 19쇄 발행/2025년 5월 14일

지은이/진은영
펴낸이/염종선
책임편집/이상술
펴낸곳/(주)창비
등록/1986년 8월 5일 제85호
주소/10881 경기도 파주시 회동길 184
전화/031-955-3333
팩시밀리/영업 031-955-3399 편집 031-955-3400
홈페이지/www.changbi.com
전자우편/lit@changbi.com

ⓒ 진은영 2012
ISBN 978-89-364-2349-0 03810